Jorge Luis
Borges

Luna de enfrente

Cuaderno San Martín

面前的月亮
圣马丁札记

［阿根廷］豪尔赫·路易斯·博尔赫斯 著

王永年 译

上海译文出版社

目　录

面前的月亮

i

圣马丁札记

面前的月亮

序　言

一九〇五年前后，赫尔曼·巴尔[1]断定说：具有现代性是唯一的责任。二十多年后，我自己也承担起这个完全多余的责任。具有现代性就是具有当代性，和时代共脉搏、同呼吸；事实上我们都是这样，无一例外。除了威尔斯[2]虚构的某些冒险家以外，谁都没有发现在未来或过去的时间里生活的艺术。任何作品都是它那个时代的产物；精雕细琢的历史小说《萨朗波》[3]里的人物是迦太基和罗马之间的布匿战争的雇佣兵，小说本身具有十九世纪法国小说的典型性。我们对于可能丰富多彩的迦太基文学一无所知，但可以肯定的是它绝没有一本福楼拜所写的那样的书。

我常常忘记自己是阿根廷人，也想多一些阿根廷特色。我冒险买了一两部阿根廷方言词典，从中学到了一些今天连自己几乎都不懂的词：madrejón, espadaña, estaca pampa……

我对《布宜诺斯艾利斯激情》里提到的城市一直怀有亲切之感，这个集子里的城市却有些张扬和公开。我不想对它有所褒贬。有几首诗，例如《基罗加将军驱车驶向死亡》，也许具有转印图画的显眼的美丽；另几首诗，我斗胆说，例如《在一本约瑟夫·康拉德的书里发现的手稿》，不至于给作者丢脸。问题是我觉得它们恍如隔世，它们的失误或者可能有的优点和我关系不大。

1　Hermann Bahr (1863—1934)，奥地利作家、剧作家，早期试图调和自然主义与浪漫主义，后期有神秘主义和象征主义倾向，著有评论《现代性批评》、《克服自然主义》，剧本《维也纳女人》等。
2　Herbert George Wells (1866—1946)，英国科幻小说家、社会学家和历史学家。
3　法国作家福楼拜于 1862 年发表的作品，以两千多年前迦太基的内战为背景。

这个集子我没有做什么改动。如今它已不属于我。

豪·路·博尔赫斯

一九六九年八月二十五日，布宜诺斯艾利斯

有粉红色店面的街道

他渴望看到每个街口的夜晚，

仿佛干旱嗅到了雨水的气息。

所有的道路都不远，

包括那条奇迹之路。

风带来了笨拙的黎明。

黎明的突然来到，

使我们为了要做新的事情而烦恼。

我走了整整一宿，

它的焦躁使我伫立

在这条平平常常的街道。

这里再次让我看到

天际寥廓的平原，

杂草和铁丝凌乱的荒地，

还有像昨晚新月那么明亮的店面。

街角的长条石和树木掩映的庭院

仍像记忆中那么亲切。

一脉相承的街道，见到你是多么好，

我一生看的东西太少！

天已破晓。

我的岁月经历过水路旱道，

但我只感受到你，粉红色的坚硬的街道。

我思忖，你的墙壁是否孕育着黎明，

夜幕初降，你就已那么明亮。

我思忖着，面对那些房屋不禁出声

承认了我的孤陋寡闻：

我没有见过江河大海和山岭，

但是布宜诺斯艾利斯的灯光使我备感亲切，

我借街上的灯光推敲我生与死的诗句。

宽阔和逆来顺受的街道啊，

你是我生命所了解的唯一音乐。

致郊区地平线

潘帕斯草原：

我望见你的辽阔延伸到郊区天际，

夕阳西下的时候，我的心在流血。

潘帕斯草原：

我在不绝如缕的吉他声里，

在棚屋里，在夏季的饲料大车

沉重的吱呀声中听到你的声息。

潘帕斯草原：

庭院的多彩气氛

足以让我感到你的温馨。

潘帕斯草原：

我知道车辙和街道

使你支离破碎，风改变了你的面貌。

苦难和顽强的潘帕斯草原已经不存在，

我不知你是否死去。我知道你活在我心中。

爱 的 预 期

亲近你节日般光彩照人的面容，

看惯你依然神秘、恬静、稚弱的躯体，

倾听你絮絮细语或默默无言的生命交替，

都算不上神秘的恩惠，

同瞅着你在我无眠的怀中的甜睡

简直无法比拟。

因梦的免罪力量而奇迹般地重获童贞，

像记忆选择的幸福那么宁谧明净，

你将把你自己所没有的生命彼岸给我。

我陷入安静，

将望见你存在的最后的海滩，

也许初次看到你本人，

正如上帝看到你那样，

时间的虚幻给打破之后，

没有了爱情，没有了我。

离　　别

破坏我们离别气氛的黄昏。

像黑暗天使那么尖刻、迷人而可怕的黄昏。

我们的嘴唇在赤裸的亲吻中度过的黄昏。

不可避免的时间超越了

　　无谓的拥抱。

我们一起挥霍激情，不为我们自己，

　　而为已经来近的孤独。

光亮拒绝了我们；黑夜迫不及待地来临。

长庚星缓解了浓重的黑暗，我们来到铁栅栏前。

我像从迷乱的草地归来的人那样

　　从你怀抱里脱身。

我像从刀光剑影的地方归来的人那样

　　从你的眼泪里脱身。

如同往昔黄昏的梦境一般生动鲜明的黄昏。

那之后，我便一直追赶和超越

　　夜晚和航行日。

基罗加*将军驱车驶向死亡

干涸的河床对水已没有盼望，

拂晓的寒冷中月亮黯淡无光，

饥馑的田野像蜘蛛那般凄凉。

马车辚辚，摇摇晃晃地爬坡；

阴影幢幢的庞然大物带有葬礼的不祥。

四匹蒙着眼罩的马，毛色黑得像死亡，

拉着六个胆战心惊的人和一个不眠的硬汉。

车夫旁边有个黑人骑马行进。

驱车驶向死亡，多么悲壮的情景！

由六个丢脑袋的人伴随，

基罗加将军要进入黑影。

险恶狠毒的科尔多瓦匪帮，

（基罗加暗忖）岂能奈何我的灵魂？

我扎根在这里的生活，坚如磐石，

正如打进草原土地里的木桩。

我活过了千百个黄昏，

我的名字足以使长矛颤抖，

我才不会在这个乱石滩上送命。

难道草原劲风和刀剑也会死亡？

----

* Juan Facundo Quiroga (1788—1835)，阿根廷联邦派军阀，拉里奥哈人，生
性残忍，有"平原之虎"之称。1835 年同联邦派首领罗萨斯会晤后返回途中
在科尔多瓦遭伏击身亡，罗萨斯为他举行了隆重的葬礼，但一般认为是罗萨
斯安排了暗杀。阿根廷作家、政治家萨缅托的小说《法昆多——阿根廷大草
原上的文明和野蛮》以他为原型。

但是当白天照亮了亚科峡谷，

毫不留情的刀剑劈头盖脸向他袭击；

人皆难免的死亡催促那个拉里奥哈人，

其中一击要了胡安·曼努埃尔的性命。

他死了，又站起来，成了不朽的幽灵，

向上帝指定他去的地狱报到，

人和马匹的赎罪幽魂，

支离破碎、鲜血淋漓地随他同行。

宁静的自得

光明的文字划过黑暗，比流星更为神奇。

认不出来的城市在田野上显得更为高大。

我确信自己生死有命，瞅着那些野心勃勃的人，

试图对他们有所了解。

他们的白天像空中旋舞的套索那么贪婪。

他们的夜晚是刀剑愤怒的间歇，随时准备攻击。

他们侈谈人性。

我的人性在于感到我们都是同一贫乏的声音。

他们侈谈祖国。

我的祖国是吉他的搏动、几帧照片和一把旧剑，

傍晚时柳树林清晰的祈祷。

时间将我消耗。

我比自己的影子更寂静，穿过纷纷扰扰的贪婪。

他们是必不可少的、唯一的、明天的骄子。

我的名字微不足道。

我款款而行，有如来自远方而不存到达希望的人。

蒙得维的亚

我顺着你的下午滑落，

    仿佛劳累得到了斜坡的同情。

鸟翼似的夜幕覆盖着你的平台屋顶。

你是我们有过的布宜诺斯艾利斯，

    曾随岁月悄悄远去。

你属于我们，像水面的星光那么欢欣。

你是时间的暗门，你的街道通向短暂的过去。

你是旭日映在滚滚浊浪上的光亮。

在照耀我的百叶窗之前，你低斜的太阳

    曾为你的庄园祝福。

听来像诗歌那么舒扬的城市。

庭院明快的街道。

在一本约瑟夫·康拉德的
书里发现的手稿 *

颤动的大地暑气蒸腾，

白天刺眼的白光难以逼视。

百叶窗透进残忍的条纹，

海岸骄阳似火，平原流金铄石。

旧时的夜晚仍像一罐水那么深沉。

微凹的水面展现出无数痕迹，

悠闲地驾着独木舟面对星辰，

那个人抽着烟计算模糊的时间。

灰色的烟雾模糊了遥远的星座。

眼前的一切失去了历史和名字。

世界只是一些影影绰绰的温柔。

河还是原来的河。人还是原来的人。

---

* 关于这首诗有个小故事：博尔赫斯的好友内斯托尔·伊瓦拉委托他用诗歌写
  一篇烟草广告稿，他同意了，但条件是不能出现特定的商标名称；伊瓦拉付
  给他一百比索稿酬，后来诗稿从未用作广告，博尔赫斯才知道那是一个善意
  的玩笑。

航 行 日

海洋是数不清的剑和大量的贫乏。

火焰可以比作愤怒，泉水比作时间，

　　蓄水池比作清晰的接纳。

海洋像盲人那么孤独。

海洋是我无法破译的古老语言。

深处，黎明只是一堵刷白的土墙。

远处，升起光亮，仿佛一团烟雾。

在无数岁月面前，

海洋像凿不透的岩石。

每天下午都是一个港口。

我们遭到海洋鞭打的目光移向天空：

最后的温柔的海滩，下午黏土的蔚蓝。

孤僻的海洋上落日多么甜蜜亲切！

云彩像集市那么流光溢彩。

新月挂上船桅。

正是我们留在石拱门下

　　把柳林映得更妩媚的月亮。

我默默地待在甲板上，像分享面包似的

　　和我的妹妹分享下午的风光。

达　喀　尔 *

达喀尔位于阳光、沙漠和海洋的交叉路口。

阳光普照天空，流沙埋在路旁，海洋充满仇恨。

我见过一位酋长，他的披风比灿烂的天空更湛蓝。

信徒们祈祷的清真寺白得耀眼。

简陋的民房在远处背风向阳，

　　　　太阳悄悄攀上外墙。

非洲的命运终古常新，那里有

　　　　业绩、偶像、王国、莽林和刀剑。

我有过一个下午和村落。

---

* 西非塞内加尔共和国首都，濒临大西洋，是通往南美的重要海空航线中途站。

远洋上的许诺

祖国啊，我还没有同你接近，但已见到你的星星。

我曾向苍穹最远处的它们诉说，

　　如今桅杆消失在它们的呵护下。

它们像受惊的鸽子似的蓦地飞离高高的挑檐。

它们来自庭院，那里的蓄水池有塔楼的倒影。

它们来自花园，那里的藤蔓不甘寂寞，

　　像水迹一样爬上墙脚。

它们来自外省慵倦的傍晚，

　　像杂草丛生的地方那么温顺。

它们不朽而充满激情；

　　任何民族都不能比拟它们的永恒。

在它们坚定的光线下，

　　人们的夜晚像枯叶一般蜷曲。

它们是光明的国度，

　　我的地方无缘进入它们的领域。

我们离开了甜蜜的地方 *

我的祖父辈同这片遥远的土地

结下了深厚的友谊，

他们和田野亲密无间，

对这里的水、火、风、土

了解得一清二楚。

他们是一些军人和庄园主，

以明天的希望哺育心胸，

地平线有如一根琴弦，

在他们严峻的日子深处回响。

他们的日子像河流那么明澈，

他们的下午像水池

蓄的水那么清新，

一年四季对于他们

像是熟悉的民谣的四行诗句。

他们眺望远处扬起的尘雾，

辨认车队或者马群，

宁静的剑刃闪着光芒，

使他们心花怒放。

有一个曾同西班牙佬打仗，

另一个在巴拉圭冲锋陷阵；

他们都久经风雨世面，

征战对于他们只是顺从的女人。

天空寥廓，平原无垠，

他们的日子过得艰辛。

他们有户外生活的智慧，

纹丝不动地骑在马背，

支配着平原上的人们，

---

* 标题原文为拉丁文。

指挥每天要做的工作，

和一代一代的牛群。

我是城里人，对那些事情一无所知，

城市、地区和街道是我活动的圈子：

下午传来远处的电车声

增添了我的忧伤。

准最后审判

我的爱遛大街的人无所事事，

  晚上到处闲逛。

夜晚是漫长而孤独的节日。

我在内心深处为自己开脱吹嘘：

我证实了这个世界；讲出世界的希奇。

我歌唱了永恒：留恋故土的明月、

  渴望爱情的面颊。

我用诗歌纪念围绕我的城市

  和散漫的郊区。

别人随波逐流的时候，我作惊人之语，

面对平淡的篇章，我发出炽烈的声音。

我赞扬歌唱我家族和我梦中的先辈。

以前是这样，现在还是这样。

我用坚定的词句抓住的感情

　　心软时可能消散。

我心中泛起旧时恶劣行径的回忆。

正如一匹被波浪推上海滩的死马

　　回到我的心头。

然而，街道和月亮还在我身边。

水在我嘴里仍有甜味，

　　诗节的优美没有把我抛弃。

我感到了美的震撼；我孤独的月亮原谅了我，

　　谁又敢将我谴责？

我 的 一 生

周而复始，值得回忆的嘴唇，

　　我独一无二而又和你们相似。

我执著地追求幸福，

　　无悔地忍受痛苦。

我渡过海洋。

到过许多地方；见过一个女人

　　和两三个男人。

我爱过一个高傲白皙的姑娘，

　　她具有西班牙的恬静。

我见过辽阔的郊野，

那里的夕照无比辉煌。

我玩味过许多词句。

我深信那就是一切，深信不会再看到

  或做什么新的事情。

我相信我的日日夜夜同上帝和所有的人

  一般贫乏和充实。

比利亚·奥尔图扎[*]的落日

傍晚让人联想到最后审判日。

街道像是天空的一条伤口。

我不知道尽头火一般的光亮

　　是回光返照还是天使的形象。

距离像梦魇似的压在我身上。

地平线上大煞风景的是一道铁丝网。

世界似乎已无用处，被弃置一旁。

天上还很明亮，但沟渠已是险恶的夜晚。

余晖全部倾泻在蓝色的围墙

　　和那些喧闹的女孩身上。

锈迹斑斑的铁栅栏里露出来的

不知是一株树还是一个神灵。

多少景象同时展现：田野、天空、郊区。

今天我饱览了街道、鲜明的落日

　　和令人惊愕的傍晚，

远处，我将回到我的贫乏。

---

* 位于布宜诺斯艾利斯西部，南端有平民公墓。原为郊区，现已为市区。

为西区一条街道而作

孤独的街道，你将把别人的永生给我。

你已经成了我生命的影子。

你像剑刺似的直穿我的夜晚。

死亡——阴暗凝重的风暴

——将把我的时辰打散。

有人将拾起我的脚步，夺去我的虔诚

　　和那颗星星。

（远方像长风似的抽打他的道路。）

摆脱了矜持的孤独，他对你的天空

　　怀有同样的渴望。

同我一样的渴望。

在他未来的惊愕中我将再现。

再次来到你这里：

像痛苦地绽开的伤口一样的街道。

十四的诗句

我的城市的庭院好似坛坛罐罐，
笔直的街道交错纵横，
日落时街角蒙上光环，
郊区像天空那么湛蓝。

我的城市开阔得像是潘帕斯草原，
我从东部古老的土地回到家乡城市，
重新看到了它的房屋和窗口的灯光，
杂货店盼望的柔和灯光。

我在郊区体味到大家都有的深情，

薄暮时分，我敞开胸怀赞美，

歌唱孤身独处的自在，

以及庭院里一小片潘帕斯草原的多彩。

我说过星期日游乐场里的旋转木马，

天国的影子使之开裂的围墙，

悄悄地埋伏在刀口的命运，

香得像窨过的马黛茶似的夜晚。

我预感到"边缘"这个词的核心，

它在陆地意味着水的预期，

它给郊区以无限的冒险奇遇，

给模糊的田野以海滩的意义。

上帝把无限的财富交到我手里，

我用这种方式回报他几枚辅币。

圣马丁札记 *

* 本集九首诗作最初是写在圣马丁牌的一本练习簿上。

人们偶然得到一本诗集，很少会抽空阅读，很少会出于心灵的音乐感而心醉神迷，一生中即使有十来次合适的机会，也不能用诗歌来抒发他们的思想感情。利用这些机会并没有害处。

菲茨杰拉德：致伯纳德·巴顿的信，一八四二年

序　言

　　我多次说过诗歌是神灵突然的赐予，思想是心理活动；我认为魏尔兰是纯粹的抒情诗人的代表，爱默生是理智诗人的典范。如今我认为凡是作品值得重读几遍的诗人都具备抒情和理智两种因素。那么莎士比亚或但丁应该归于哪一种呢？

　　从这个集子所收的诗作中，显然可以看出追求的是第二种。我必须向读者作些说明。面对愤怒的批评（它不容作者后悔），我现在写的是《布宜诺斯艾利斯建城的神秘》而不是"建城的神话"，因为"神话"使人联想起庞大的大理石神像。题为《布宜诺斯艾利斯的死亡》的两首诗——我借用了爱德华多·古铁雷斯的标题——不可饶恕地夸大了恰卡里塔的平民含义和拉雷科莱塔的贵族含义。我想《伊西多罗·阿塞韦多》的装腔作势很可能博得我外祖父一笑。

除了《质朴》以外，《城南守灵夜》也许是我写的第一首真正的诗。

豪·路·博尔赫斯

一九六九年，布宜诺斯艾利斯

布宜诺斯艾利斯建城的神秘

难道最初前来建立我国家的船只
是从这条迟缓泥泞的河流到达？
险恶的水流漂着水草纠结而成的浮岛，
那些斑驳的小船难免一番颠簸。

我们仔细琢磨一下，也许会猜想
这条河流原先像天空一样湛蓝，
还有一个红色的小星标志，那是
迪亚斯[1]挨饿，印第安人饱餐的地点。

可以肯定的是成千上万的人陆续来到，

他们经历了五个月的海上航程，

当时的海里还有许多美人鱼和怪物，

以及把罗盘搞得晕头转向的磁石。

他们在岸边搭起一些简陋的房屋，

晚上睡不踏实。据说那是里亚丘埃洛，

其实只是在博卡编的谎话。[2]

那是整整一个街区，我家所在的巴勒莫。

说是整整一个街区，但四面都是田野，

面对的是曙光、雨打和猛烈的东南风。

街道相依的街区依然存在于我那个市区：

1　指西班牙航海家胡安·迪亚斯·德·索利斯（Juan Díaz de Solís，1470—
　　1516），他于 1508 年和维森特·亚涅斯·平松一起考察了玛雅文化中心的尤
　　卡坦半岛（现分属墨西哥、伯利兹和危地马拉），1516 年发现拉普拉塔河口（现
　　阿根廷境内），被印第安土著杀死。

2　里亚丘埃洛在布宜诺斯艾利斯南部，意为边界小河。博卡在东南端，西班牙
　　语中有"河口"之意。两地现均为市区。

危地马拉、塞拉诺、巴拉圭、古鲁恰加[1]围成一圈。

一家杂货铺的粉红色门脸像是纸牌背面，

灯光明亮，店后房间里在玩纸牌；

粉红色门脸的杂货铺生意兴隆，

它的主人已成地方一霸，炙手可热。

打老远运来了第一架风琴，

呜咽地奏出哈巴涅拉和外国乐曲。

大院里支持伊里戈延的呼声很高，

钢琴传出了萨沃里多[2]的探戈舞曲。

一家雪茄店像玫瑰似的熏香了沙漠。

傍晚已在昨日中消失，

人们分享着虚幻的往昔。

---

1 系布宜诺斯艾利斯四条街名，依次环绕，形成一个正方形的街区。博尔赫斯
   一家当时住塞拉诺大街。
2 Enrique Saborido (1877—1941)，乌拉圭探戈舞曲钢琴家、作曲家。

只缺一样东西：对面的人行道。

我不相信布宜诺斯艾利斯有过开端：
我认为她像水和空气一样永恒。

拱门的哀歌

献给弗朗西斯科·路易斯·贝纳德斯

比利亚·阿尔韦亚尔地区：四周为尼加拉瓜街、马尔多纳多小溪街、坎宁街和里韦拉街。仍有许多荒地，重要性不大。

曼努埃尔·毕尔巴鄂：《布宜诺斯艾利斯》，一九〇二年

这是一首哀歌，
悲叹那些在泥地广场
投下长长影子的高耸的拱门。
这是一首哀歌，

忆起傍晚在荒地上

洒落的淡淡的亮光。

（小街的天空

足以让人感到欣喜，

围墙染上夕阳的颜色。）

这是一首哀歌，

交织着将在遗忘中消失的

巴勒莫的回忆。

在拱门下等人的姑娘们

引得街头手摇风琴艺人奏起圆舞曲，

六十四路电车的售票员放肆地吹响喇叭，

她们却不忘自己的仪态。

马尔多纳多小溪边不长仙人掌的空地

仿佛也含有敌意

——干旱季节溪里的泥比水多——

行人的衣着琳琅满目，

铁栅的花纹多姿多彩。

有些事情恰到好处，

只为了让人心情欣悦：

庭院里的花坛，

地痞走路的大摇大摆。

早期的巴勒莫，

米隆加乐曲为你增添豪气，

街头斗殴拿性命当儿戏，

凝重的拂晓领略了死亡的滋味。

在你的人行道上，

白天比市中心马路上的漫长，

因为天空留恋深沉的空地。

车厢漆有广告的有轨电车

穿过你的早晨，

亲切的街角上的杂货店

仿佛在等待天使来临。

我从我家所在的街道（相距大概一里）

来到你彻夜不眠的地方寻找回忆。

我的单调的口哨将穿透

熟睡人们的梦境。

墙内探出头来的那株无花果树

和我的心情吻合，

你街角的粉红色

比云彩的颜色更讨我欢喜。

似 水 流 年

忆起我家的花园：

花草树木温馨的世界，

幽雅神秘的生活，

博得人们的艳羡。

周围一带树是最高的棕榈树，

成了麻雀的大杂院；

欣欣向荣的黑葡萄蔓，

夏季的日子在你阴影下酣睡。

红漆的风车：

吃力地转动轮子提水，

成了我家的骄傲，因为别的人家

由摇铃铛的卖水人从河下游送水。

屋基的圆形地下室，

你使花园头晕眼花，

从罅隙里窥探

你那阴湿地牢似的景象让人害怕。

花园，铁栅外面

车把式风尘仆仆地赶路，

狂欢的街头乐队

吹吹打打闹翻了天。

盘据街角的杂货铺

是地痞的庇护；

但店后苇塘有可作刀枪的芦苇，

还有喊喊喳喳的麻雀的聚会。

你的树木的梦同我的梦

在夜里仍要混淆，

糟蹋花草的喜鹊

至今让我胆怯。

你方圆不过几十尺，

在我们心目中却成了广阔天地；

一个隆起的土堆是座"大山"，

它的斜坡是鲁莽的冒险。

花园，我的话到此为止，

但我一直会琢磨：

你树木的荫翳纯属偶然，

还是你的一番好意。

伊西多罗·阿塞韦多 *

我对他的情况确实一无所知

——除了一些地名和日期：

那只是语言的欺骗——

但我怀着敬畏的心情再现了他最后的一天，

不是人们，而是他自己，看到的那天，

我想抽空把它写下来。

他喜爱布宜诺斯艾利斯人常玩的纸牌，

是个阿尔西纳¹派，出生在中界河²南边，

他在九月十一日广场的老市场担任果品稽查员，

当布宜诺斯艾利斯需要的时候，他从了军，

曾在塞佩塔、帕冯和科拉莱斯滩作战³。

我这支笔不打算叙述他参加的战役，

因为他把它们带进了他主要的梦中。

因为正如别的写诗的人一样，

我的外祖父做了一个梦。

当他被肺充血折腾得死去活来，

高烧谵妄使他看到的都是假象，

他汇集了记忆中炽热的材料，

编进了他的梦想。

这一切发生的地点是塞拉诺街的一座住宅，

时间是一九〇五年炎热的夏天。

他梦见两支军队

投入一场战斗的影子；

---

* 即伊西多罗·德·阿塞韦多 (Isidoro de Acevedo Laprida, 1828—1905)，博尔赫斯的外祖父。

1 Adolfo Alsina (1829—1877)，阿根廷政治家，自治派领袖，1868 至 1874 年任共和国副总统。

2 阿根廷布宜诺斯艾利斯省和圣菲省分界线上的小河。

3 塞佩塔、帕冯、科拉莱斯滩战役分别发生于 1859、1861 和 1880 年。

他如数家珍地列举了指挥官、旗号、团队。

"头头们正在商议，"他的声音清晰可辨，

还想支起身子亲眼看看。

他眺望潘帕斯草原：

看到了复杂的地形，步兵可以固守，

看到平原，骑兵可以冲锋，一往无前。

他最后扫视了一眼，看到了千百张脸，

多年后这个人不知不觉都已认识：

在银版照相上日趋模糊的胡子拉碴的脸，

在阿尔西纳桥和塞佩塔同他朝夕相处的脸。

当年他披上军装，

为的就是那次幻想的爱国行动，

要求的是信仰，不是一时冲动；

他纠集了一支布宜诺斯艾利斯军队，

为的就是让自己阵亡。

于是，在可以望见花园的卧室里，

他在一个为祖国献身的梦中死去。

人们用出门远行的比喻告诉我他的死讯；我不相信。
我当时很小，不明白死的意思，我没有死的概念；
我在不点灯的房间里寻找了他多天。

城南守灵夜

献给莱蒂齐亚·阿尔瓦雷斯·德·托莱多

由于某一个人的去世

——我知道这种神秘事情的空名，

　　我们并不了解它的实质——

城南有户人家敞着大门直到天明，

一幢陌生的房屋，我不会再见第二次，

但今晚它等待着我，

通宵达旦，灯火不眠，

因为熬夜而显得憔悴，

同平时大相径庭。

我走向死气沉沉的守灵夜，

街上像回忆似的清晰，

夜晚的时间充裕得很，

除了一些游荡的人在打烊的杂货铺附近

和远处一个孤独的口哨声，

周围没有什么动静。

我缓缓而行，怀着期待的心情，

来到我寻找的街区、房屋和真挚的门，

接待我的人在这种场合不得不显得持重，

他们的年龄同我的长辈相近，

在一个经过布置、望见庭院的房间里我们平起平坐

——庭院处于夜晚的权力和肃穆之下——

气氛凝重，我们谈些无关紧要的事情，

在镜子里显出阿根廷人的懒散，

啜饮着马黛茶打发无聊的时间。

随着任何人的去世而消失的细微的智慧

使我深为震惊

——心爱的书籍、一把钥匙、同别人相处的习惯。

我知道所有的特权，不论怎么隐秘，都属奇事之例，

参加这次守灵更其如此，

聚在不可知的事物——死者——周围，

陪伴和守卫他死后的第一夜。

（守灵使人面容憔悴；

我们仰望的眼睛逐渐像耶稣那么无神。）

至于那个，那个难以置信的人呢？

他在与他无关的鲜花覆盖下面，

他身后的殷勤将多给我们一个记忆，

南区一条条缓缓走过的街道，

回家路上悄悄拂面的微风，

以及让我们解脱最大悲哀的夜晚：

现实的繁琐。

布宜诺斯艾利斯的死亡

一　恰卡里塔墓地 [1]

由于城南的墓地

被黄热病填得满坑满谷，难以为继；

由于城南的大杂院

纷至沓来地向布宜诺斯艾利斯运送尸体，

由于布宜诺斯艾利斯不忍多看那种死亡，

便在西区偏僻的一角，

在泥土的风暴

和牛车难行的泥泞地那边，

一锹一锹挖出你这片墓地。

那里只有荒凉的世界

和小庄园上空惯有的星星，

火车从贝尔梅霍的棚子里驶出，

装载着死亡的遗忘：

男尸耷拉着下巴，口眼不闭，

女尸失去灵魂的躯体，毫无魅力。

人的死亡像诞生那么肮脏，

死的圈套不断扩大你的埋葬，

你替灵魂的大杂院和骸骨的地下部队招募，

它们仿佛沉到海底似的

坠入你漆黑夜晚的深处。

无人理睬的杂花野草

顽强地同你望不到头的围墙较劲，

因为你的围墙意味着毁灭，

1　位于布宜诺斯艾利斯西北部，埋葬的多是 1871 年黄热病流行时的死者，该年六个月内死了 13 614 人。

郊区在铺着火苗似的黏土的街道上

加快它火热的生命的脚步向你靠近，

在没精打采的手风琴

或者羊咩似的喇叭声中不知所措。

（命运的判决一成不变，

那晚我在你的黑暗中听得格外真切，

郊区居民弹奏的吉他声

如泣如诉似乎在说：

死亡是活过的生命，

生命是迫近的死亡；

生命不是什么别的，

而是闪亮的死亡。）

凯马停尸房

招呼外面的死亡来到墓地。

我们耗损了现实，伤了它的元气：

两百一十车尸体大煞早晨的风景，

把染上死亡的日常事物

运往那个烟雾缭绕的墓地。

怪诞的木圆顶和上面的十字架

在你的街道上移动——仿佛残局的黑色棋子，

它们病态的尊严掩盖了

我们的死者的羞愧。

在你循规蹈矩的范围里

死亡编了号，空洞而平淡无奇；

缩减成姓名和日期，

言词的死亡。

恰卡里塔：

布宜诺斯艾利斯的排水口，最后的山坡，

你比别的地区活得更久，死得更早，

你是眼前死亡而不是天国的隔离病房，

我听到你年老昏聩的话语但不相信，

因为你痛苦的信念正是生命的行为，

因为盛开的玫瑰远远胜过你的大理石墓碑。

二　拉雷科莱塔

这里的死亡具有尊严，

布宜诺斯艾利斯的死亡在这里显得端庄，

和救援圣母教堂的门廊

幸福持久的荣光、

火盆细微的灰烬、

精致的生日奶糖

和深邃的庭院的关系不同寻常。

古老的温馨和古老的严谨

同死亡十分和谐。

你的正面是轩昂的门廊，

树木不分彼此的慷慨，

鸟的影射死亡而不自知的语言，

以及军人葬礼时

振奋人心的急促鼓声；

你的背面是北区沉默的大杂院

和罗萨斯执行枪决的大墙。

自从乌拉圭的女孩玛丽亚·马西埃尔

——你的通向天国的花园里的种子——

在你的荒野无声无息入睡以来，

无所作为的死人族

在你黑暗的领域败坏，

却在祈祷的大理石碑群中壮大。

我浮想联翩，思索着

作为你的虔诚评介的轻灵的花朵

——你身旁金合欢树下的黄土，

你墓地里寄托哀思的鲜花——

为什么潇洒而沉静地存在

我们亲爱的人的遗骸中间。

我提出疑问，也将作出回答：

鲜花永远守护着死亡，

因为我们永远不可理解地知道

它们潇洒而沉静的存在

正是陪伴死者的最好事物，

不以生的高傲冒犯他们，

不比他们更生气蓬勃。

致弗朗西斯科·洛佩斯·梅里诺 [*]

假如你故意让自己蒙受死亡，

存心摒弃世上所有的朝阳，

恳求你的话语全听不进去，

那些话肯定无济于事，白费气力。

我们所能做的只有

说说那些没能挽留你的玫瑰的羞愧，

容忍枪击和丧命的那个日子的耻辱。

我们的声音怎么能对抗

陨灭、眼泪和大理石碑确认的事实？

有些事情感人至深，不是死亡所能减弱：

带来亲切而难以解释的感觉的音乐，

无花果树和承雨池勾起的故土情结，

以及证明我们正确的爱情的引力。

我想着这些事情，隐藏的朋友，也想着

或许我们按照我们偏爱的形象塑造了死亡，

正如你从钟声获悉的模样，稚气而可爱，

好似你小时勉力书写的字母，

而你想在睡梦中那样在它的领域里游荡。

如果情况属实，时间许可，

我们将保留一点永恒的痕迹，世界的余味，

那么你的死亡就无足轻重，

-----

* Francisco López Merino (1904—1928)，阿根廷诗人，受法国印象派诗人影响，
作品哀婉，富有音乐性，1928 年自杀。博尔赫斯和他有交往，《影子的颂歌》里
《一九二八年五月二十日》一诗就是哀悼他的。

正如你一向在其中等待我们的诗句，

那时它们唤起的友情

不至于亵渎你的黑暗。

北　　区

这是有关一个秘密的表白，

无用和疏忽所保守的秘密，

它既无神秘之处，也无誓言约束，

只由于无关紧要才成为秘密：

具有它的是人们和傍晚的习惯，

保守它的是遗忘，神秘的最贫乏的形式。

想当年，这个区有一段眷眷情意，

如同爱情纠葛那样，标志着反感和情分；

现如今，这种信念几乎不复存在，

逐渐远去的事物终将归于消失：

五道口的米隆加舞曲，

围墙下像一株顽强的玫瑰似的庭院，

还能辨出"北区之花"字样的油漆剥落的招牌，

杂货铺里弹吉他和玩纸牌的小伙子们，

盲人清晰的记忆。

那种零星的情意就是我们沮丧的秘密。

一件看不见的东西正从世界上消失，

不比一支乐曲宽广的爱情。

北区远离了我们，

我们抬头看不到大理石的小阳台。

我们的眷恋由于厌倦而畏缩。

五道口天上的星星不是当年模样。

但是那份殷勤友好的情意，

我正在表白的隐秘的忠诚——城区，

仍然不声不响，始终如一，

存在于隔绝的、消失的事物里，

（事物一向如此，）

在橡胶树影疏落的天空，

在曙光和夕照下的牲口槽。

七 月 大 道 *

我发誓说，我回到那条街道绝非故意，

那里一模一样的棚屋像是镜子的反映，

铁箅子上烤着科拉莱斯的肉串，

性质截然不同的音乐掩饰着卖淫。

没有海面的残缺港口，带咸味的阵风，

退流后附在泥地上的淤泥：七月大道，

尽管我的回忆对你有怀旧之情，

你从没有给我以故乡的感觉。

我对你只有迷惑不解的无知，

仿佛对飞鸟似的不可靠的所有权，

但是我的诗出于疑问和证实，

为了表达我隐约看到的事物。

在别区脚下像噩梦那样清醒的城区，

你的扭曲的镜子揭露了丑恶的一面，

你在妓院里火烧火燎的夜晚依赖城市。

你是凝成一个世界的堕落，

带着它的映象和畸形；

你受混乱和不真实之苦，

用磨烂的纸牌拿生命打赌；

你的酒精挑起斗殴，

你的狡诈的手不断地翻弄魔法书。

难道因为地狱已经空缺，

---

* 即七月九日大道，也简称七九大道。阿根廷于 1816 年 7 月 9 日独立，故名。

79

你那伙魑魅魍魉都是假货，

招贴上的美人鱼是蜡制的死物？

你的头脑简单得可怕，

好似无奈，破晓，知觉，

被命运的日子抹去的

未经净化的灵魂，

被灯火通明照得雪白，空无一人，

只像老年人那样贪图眼前。

我所在的郊区的大墙后面，

吃力的大车向可悲的铁和尘土的神道祈祷，

至于你，七月大道，你信奉的是什么神，什么偶像？

你的生命同死亡订了契约；

只要活着，一切幸福都对你不利。

图书在版编目（CIP）数据

面前的月亮·圣马丁札记/（阿根廷）博尔赫斯（Borges, J. L.）著；
王永年译.—上海：上海译文出版社，2016.8（2023.7 重印）
（博尔赫斯全集）
ISBN 978-7-5327-7305-3

Ⅰ.①面… Ⅱ.①博… ②王… Ⅲ.①诗集-
阿根廷-现代 Ⅳ.①I783.25

中国版本图书馆CIP数据核字（2016）第 148681 号

JORGE LUIS BORGES
Luna de enfrente
Cuaderno San Martín

图字：09-2010-605号

本书由上海市新闻出版专项资金资助出版

面前的月亮	JORGE LUIS BORGES	出版统筹　赵武平
	豪尔赫·路易斯·博尔赫斯　著	责任编辑　周 冉
圣马丁札记	王永年　译	装帧设计　陆智昌

上海译文出版社有限公司出版、发行
网址：www.yiwen.com.cn
201101 上海市闵行区号景路 159 弄 B 座
上海信老印刷厂印刷

开本850×1168　1/32　印张2.75　插页2　字数11,000
2016年8月第1版　2023年7月第6次印刷

ISBN 978-7-5327-7305-3/I·4448
定价：39.00元